시간의 응고

강국진 시집

아람문학사

강국진 시집

시간의 응고

2017년 2월 15일 **인쇄**
2017년 2월 24일 **발행**

지은이 강국진
메 일 rainbowkgj9319@hanmail.net

펴낸이 권영금
펴낸곳 도서출판 아람문학
등 록 516-2011-2호
주 소 경북 청송군 청송읍 두들길 8
전 화 (054) 874-1177
팩 스 (054) 874-7557
메 일 yg2100@hanmail.net
　　　　http://cafe.daumnet/kwonsh57

시간의 응고

젊은 날부터
떠돌아다니길 좋아하는 성정에
집중과 몰두의 닻을 내린 건 '시'라는 덫이었다.

오래된 상처의 딱지들을 한 겹씩
벗겨내는 일은, 당시엔 느끼지 못했던
새로운 아픔까지 동반하였다.

퇴고와 첨삭을 거치는 시간 동안,
아렸던 생채기가 소금밭의 물처럼
조금씩 증발됨이 감지되었다.

엉성한 시심에 용기를 심어주고 과분한
칭찬을 아끼지 않는 친구 미송에게 감사한다.

~~~~~~

참 좋은 친구다.

편집과 발간에 애쓰신 아람문학
권영금 회장님께 고마움을 전한다.

서투른 글에 웅숭깊은 해설을 해 주신
권순진 선생님께 머리 숙여 감사드린다.

지나온 시간에 다소의 위안을 주고자 벌인
자위의 소일이 많은 분의 소중한 삶에 누를 끼쳤다.
절차탁마로 갚아야 할 빚이다.

2017년 1월 두류연에서 **강국진**

차례

제1부 바람의 진동

제2부 난 당신의 무덤이 되리

차례

제3부 이방의 모서리

제4부 제 5계절

제 1 부 　바람의 진동

사색의 발전

시든 장미에
더 이상 줄 수 없는 정성은
내 몸에 진물로 흘러내렸다
영육의 일체가 되는 것인가
영혼은 천국에 있고
몸은 지옥에 있다
신이 죽은 밤
초인은 별을 노래하고
까마귀들이 뜯어 간 내 살점들은
하늘 가장 가까이에서 흩어져 산투르의 노래가 되었다
식은 피는 희망을 잠재우고
차가운 몸은 구원을 버렸으니
거룩하다
자유로운 사색의 지옥이여

장마 1

거푸 석 잔을 마시고 나서야
컴컴해 있던 하늘은 비를 쏟았다

유년의 징검다리 저 끝에서
위태하게 무넘이를 건너오던 키 작은 외할머니는
"아이고 방정한 내 새끼 고뿔들라 어여 가자 어여" 하시며
정부미 포대에 싼 두툼한 윗도리를 꺼내 입히셨다

툇마루에서 종일 불콰한 얼굴로 약주를 드시던 아버지가
결연하게 참고서를 불 지른 열아홉 살 여름에 내리던 비는
시리도록 차가웠다

갑작스런 동생의 죽음 위로
굵은 비는 뜨겁게 볼을 타고 흘렀다
날 바쳐 출세할 동생은 연기되어 사라지고
강물에 닿기도 전에 비에 녹아 하얀 물감이 되었다

또다시

석 잔을 마시고 나서야 내겐
할머니가 없음을
아버지가 없음을
동생이 없음을 깨달았다
그리고
우산도 없다

장마다

고도(孤島) 앞에서

산길 걷다가
어느 〈學生府君神位〉의
무덤 앞에서 나는,
둘째 놈의 2학기 등록금과
어젯밤 호기롭게 달아놓은
곱창집 외상값을 생각한다

그 흔한 이장 꼬리표 하나 달지 못하고,
세상이 겨우 내어준
단 한 평의 안락을 가지려 당신은,
누구의 가슴을 울렸나요
누구에게 어깨를 내어 주었나요
누구의 이마에 입 맞추고
누구의 혀를 물어뜯었나요

아카시 나무가 무성하고
묏등이 움푹 패인 걸로 봐서
그의 주변은 이제

그를 잊은 듯하다

사랑도
증오도 묻혀지고
의리도 배신도 돈도 명예도
다 묻혀진
외로운 섬

철 이른 들국화를
꺾어 바치며
주머니 속에 어제 쓰고 남은
돈을 가늠해 보았다

내려오는 길 옆 웅덩이엔
곧 다가올 숨 가쁠 호흡을 아는지
모르는지
아이들은 자맥질로
하루가 짧다

혼돈에 대하여

한 양동이의 물이
출렁거렸다 이전에, 아주 오래전에
일곱 식구의 조석을 끓여 내던
한 양동이의 물

두 양동이 아니
세 양동이쯤만 져내면
어깨엔 봄꽃 같은 나비가 앉으리라 하였다
함석 양동이의
출렁이는 하루에
햇살이 유리파편처럼 내려도
깨어지지 않을 바다인 줄 모르고

한 양동이 물에 비친
난
그 속에서
물처럼 출렁거렸다

여름 숲에서

- 오늘아 안녕 -

혼자 있으니 혼잣말이 많아진다
개미를 안 보고 그릴 수 있게 되었고
코스모스 꽃잎이 몇개인지 알게 되었다
밤은 생각보다 훨씬 더 길고
푸르스름한 신 새벽에도 별 몇개가 빛났다
무거운 숲 속에 근엄한 여름이 깨어나고
비를 맞던 새끼 너구리의 아침이 궁금하다

거미줄에 걸린 바람이 반짝이고
감나무에 모인 새들의 인사 소리 바쁜
여름 아침 숲 속에서
우두커니 하늘을 보며
나는 나를 위로한다

자유의 동의어와 반대말은 모두

- 쓸쓸일 거야 -

소 외

그을린 코펠을 닦다가
베토벤을 올려놓았다

창문을 여니
탄 청국장 냄새가
가을 속으로 달려나갔다
거리엔
플라타너스 물결이
바쁜 걸음들에 밟히고
정류장 앞 젊은 여인은
어느 인연에게 소식을 묻는다
어제 그 자리에
좌판을 차린 노파 주위로
비둘기 몇 마리 모여들고
잠시 머문 버스는
저마다의 이유를 싣고
아침을 뛰어갔다

정오엔 숲을 걸었다
잔디 위에 뛰어노는 아이들의 웃음소리가
앙상한 감나무를 한 바퀴 깔깔거리고
까치집 아래서 흩어졌다
굳이 약속할 것 없는
숲에선 가끔 시간이 멈춘다

무엇을 할까
어디로 가야 하나

낙엽을 세다가 까무룩 잠이 들었다
자정의 꿈속엔 까마귀가 날아다니고
고적한 운명은 새벽까지 방 안을 떠다녔다

푸른 벽

허공을 찢어
시 한 줄 얻고*
바람을 갈라
부르는
노래는 파도다 노숙의 달빛이다
흐르는 것은
고이고 머물 내일의 어제
불 탄
뼈들의 합창이
시퍼렇게 멍든
하늘
저만큼 높았던가,
높고 푸른
벽

*원효 - '허공을 찢어 시를 얻다' 중에서

시간의 그늘

시든 장미 넝쿨 아래로
시간이 지나가네
유모차에 머물러 있는
아이의 붉은 뺨위로
시간이 지나가네
맨몸으로 구르고 굴러
낡은 껍질과 동그랗게 굽은 등을 가진
여인의 주름 많은 손가락 사이로
시간이 지나가네
꽃 진 자리 위에
아이가 울고 아이가 웃는
사이에도
시간이 지나가네
내게 붙들린 시간을
늙고 푸석한 풀 이파리들과 바꾸어
철 지난 장미공원에 널어 두었네

산 위에 지붕 위에 넝쿨 위에

나의 작은 그늘 속에
오늘의 마지막 더운 빛을 옮겨가는
한 소쿠리의
시간이 지나가네
지나가네

조용한 하루

신 새벽부터
까치가 울어 대었다
손님이 오시려나…

깨끗이 면도하고
두어 시간 책을 읽고
한 시간 남짓 숲을 산책하고
오후엔 비발디를 들으며
친구 몇 놈과 안부를 나누었다

날은 청명하였고
가끔 성급한 가을이 불어 시원하였다

저녁 무렵엔 두 번째 쌀뜨물로 된장을 끓이고
묵혀 둔 마늘장아찌를 한 종지 덜어 먹었다
밤이 이슥토록 손님은 오지 않았다

개켜 놓은 홑이불을 깔고 누워

천정을 바라보며 하루를 생각해 보았다
대체로 편안하였다

하기야…
조용한 하루보다
더 귀한 손님이
어디 있을까만

시간의 응고

바람은 시간의 소리
휘익 지나는
현재의 소멸

흔들리는
나무 아래서
시간을
만나고 보내고 기다리다가
바람의 흔적 하나를
오래 보았다
가도 가도
다다르진 못할
미래로 투신한

낙엽, 저 붉은 애원

가을을 쓰다

다 어디로 갔을까

동냥젖을 물리던
작은 이모의 뽀얀 가슴살에 내려앉던
배롱나무 꽃잎

기와 담장 오목한 틈으로
밤새 이슬을 모으던
쓰르라미 날개

집 뒤란을 돌아 흐르던
냇물 위로 띄워 보낸 단풍배

무모한 시간은 흘러
나는 또 가을로 오고
사라진 것들은
어느 가을의 끝에도
보이지 않는다

잃어버린 얕은 뿌리도
돋아날 수 없는

이번 가을은 이래저래 썩 맘에 들진 않는다

작은형

오늘은 제법 장사가 잘되었다며
너스레를 떠는 내 손을 말없이 부여잡은
형의 눈 속에 뭇 별이 우수수 떨어진다

-자네 아는가 우렛소리 따라 하늘로 하늘로만
뻗는 나무를 움켜쥐려 돌보지 못한 세월,
덜 마른 옷을 입은 듯한 그 비릿한 회한에 내 가슴 늘 축
축하였네-

오래전, 자갈을 나른 삯으로
물감 한 통을 쥐여 주며 싱긋 웃던 형
그 당차던 청춘이 이제 그때 아버지 나이가 되었고,
그림붓에서 장갑으로 바뀐 내 손도
세월의 각질로 굳어졌다

내 동굴 뎁히느라 듬성했던
안부 속에 형의 귀밑엔 하얀 서리가 내리고
눈썹 위로 그 서리 켜켜이 쌓여

너덧 줄 다랭이 논이 되었다

시골 풍경 그림을 좋아하더니
눈 덮인 산 그림 오래 눈길 두더니

저 깊은 습기
언제 마른 화폭에 그릴 날 있을까
저 패인 골
언제 추억 속의 그 미소로 메울 날 올까

산길 걸으며

이틀 꼬박 술을 마시고
하루 종일 잠을 잤다
취해 잠든 하루 새에
눈이 내리고 감나무가 부러지고 꿈속에선 고양이가 응애
응애 태어났다
하루란 얼마나 지루한 급변인가

오만한 기억들이 덮인 하루위에
산길엔 새 발자국이 생기고 가지의 움들이 돋고 눈은 비
가 되었다
하루는 또 얼마나 빠른 위로인가

오욕의 순간들
불편한 진실들
괴어 있는 울음들이여

씻겨라 지워져라 떠내려가라

요사채 곳곳 빗소리 참 좋다

- 구인사를 걷다가 -

바람의 진동(振動)

난 한 번도 비를 맞은 적이 없다
비와 나 사이에는 허공이 있었을 뿐이다 -

꽃이 피고 새가 울고
만나고 헤어지고
살아가고 죽어가는
모든 것은 진동
한 번도 닿은 적 없는 밀접

물빛 부신 기침을 하며
노을 하늘 바라보다 공연히 슬퍼져
청둥오리 한 쌍의 파문에 찔려
흐르다 굳은 피를 자갈로 씻고
별빛 창가에 서서
한 줄기 바람 소리에 몸서리치는

이 지리한 면벽
이 허전한 바람의 진동(振動)

혼자 남으면

어쩌다
혼자 남게 되면
한 철 지낼 옷가지와 시집 몇 권을 들고
눈 내리는 밤이거나 비 오는 새벽에
풍경소리 멀리 듣는 산골로 갈테요
편백나무 등걸에 이리저리 덧대어
동박새 우는 높이쯤 나무 집을 짓고
바닥에 깔 담요는 '쓸쓸' 이어도 좋소
몇 접시 비가 새고
시린 바람 드나들어도
아침이슬에 풀꽃들이 반짝이고
이름 모를 날 것들이 바람결에 다가오면
빗물 모아놓은 찻잔을 마주 놓고
헤어지지 못한 이별 이야기를 들려주고 싶소

살아 내느라 못 다 한 이야기
견뎌 내느라 전하지 못한 울음
부스럼같은 삶의 허물들을

어둔 달빛 도와 토하고야 말 밤에
허전한 숲에서 차르르 바람 불면
허공에 지은 집이 휘영휘영 흔들리고
외로운 자유에 가슴 저려와
스쳐온 인연들이 뿔처럼 돋아나도

나의 미래에게

- 먼 훗날 이글을 다시 보면 나는 필경 울고 말리라 -

꽃 피는 봄에도
그늘로 옮겨다녔다

피 묻은
비의 창검을 피해
여름내 덤불을 파고들었다

선암사 연못에 드리운
단풍의 낙조를 보고 싶었으나
이 사소한 일탈마저
소란을 가둔 벽에 묻어버렸다

눈물겨울 겨울에도
내 영혼은 때때로
유예된 자유를 신음하리라

나는
혼돈의 늪에서도
울 수 없나니 외로울 수 없나니

이 모두 지난 후의
미래여
아련한 손길로라도
나를 응원해 다오

봄을 기다리며

(…천년이 지났을 것이다)
저기였던가
모진 장마 지나간 자리
거친 호흡을
처음 알게 된
내 나이 쉰이 머물던 곳
많은
비
가
내
렸
지

아무렇게나
베여지고 뜯겨진 가을을
파랗게 비추이던 그 보름달 아래
나는 지금
무덤처럼 서 있다
(이쯤에 민들레가 자랐었는데…)

힘겨운 삶에 지쳐
놓아버린 두 손
말라 비틀어져 서럽던 사랑
저
친밀한 바람 속에
구름은 늘
비 품은 시간들을 견뎌 내었지
(그러나 코스모스는 아름다웠다)

약속이 불태워진
허수아비의 주검위로
그을린 세월들은
가고
또 오고
아우성이 매달린
산수유 가지 사이로
눈
이

내

린

다

눈이 쌓인다

바람에라도

얼어버릴 영혼

자유를 나는 새들의 날갯짓에 부서질

봄을 기다리는 쓸쓸한

백야 (白夜)

- 대관령 첫눈 내린 날에 -

제2부 난 당신의 무덤이 되리

그리움

햇살
마루에 든 날
생각들이 소란하여

요리조리 그늘로 책장을 넘기다가
문득
바라본 하늘

아프다 파랗게 멍들었다

여름, 두류를 걷다

오른팔이 등쪽으로 휜 노인의
왼손을 꼬옥 쥐고
젊은 여인이 대숲을 걸어가네

하늘로 곧게 뻗은 나무들사이로
몇 발자국 걷다가 노인은
허리를 펴고 하늘을 보네
여인도 따라 하늘을 보네
그 사이에
산 까치가 울고
바람이 지나가네

노인의 이마에 땀을 지워주는
여인의 뽀얀 손등에
안타까워라, 여름 한낮의 푸석한 유린
안타까워라, 저 여린 끈의 물렁한 매듭

지나온 길로 향한 노인의 굳은 팔과

지나갈 길을 보는 여인의 젖은 눈
그 사이로
엄숙한 여름이 내려앉네
과묵한 여름이 지나가네
대숲속으로
노인의 굽은 등위로
여인의 손가락 사이로
여름이 지나가는 것을 보았네

어디론가 가야만 하는
머물지 않는 시간들이 서러워
빈집에 돌아와 벽시계를 바라보다
흰 벽에 기대어 웅크리고 있었네

*두류 - 대구 달서구에 있는 공원

44

달빛에 발을 씻고

타협도 귀찮아진 늦은 오후에 숲에 깃들고서야 나는 내가
되네
남이 아닌 내가 되네
아무렇게나 스러진 풀밭위에서 붉게 취한 별을 보네 발뒤
꿈치를 만져보네
한번도 날 앞선 적 없는 침묵의 조력,
내가 널 끌고 가는지 네가 날 데리고 왔는지 모를
지난한 이력들로 깊은 골이 패여 있네

험지로만 다녔구나
불편 속을 걸어왔구나

돌아갈 발자국을 남기지 않으려
네와르족 신부들은 발을 딛지 않고 친정을 떠난다지

너무 멀리 왔네
돌아갈 길을 잃어버렸네

열대야 숲 속 비틀거리는 낙엽송 아래
이제사 더듬는 각질의 균열 사이로
소독약처럼 배어드는

아파라 달빛

장마 2

그대는
왈칵
장마

쉬어가는
구름인 줄 알았는데

꽃 지고
어두운 밤
혼자 걷는 산길

자귀 줄기에
찰피 가지에
호수위에
빈 까치둥지위에
창검처럼 내리꽂히는

그대라는 이름의
장마

사랑몸짓

하루종일
길을 따라 걸었습니다.
바람이 많이 불었습니다.
개울물에 손을 씻다가
멍하니 하늘을 쳐다보았습니다.
구름의 모습은
파도이기도 하였고
눈썹이기도 하였고
작은 소나무이기도 하였습니다.
좁은 길에 핀 이름모를 들꽃을
한참이나 바라보다 괜히 서러웠습니다.
모난 돌 하나를
꽃잎 곁에 가만히 놓아두었습니다.
우렁찬 산맥도
키 큰 금강송도
한순간에 불덩이로 녹여버리는
설악의 노을은

잘익은 홍시같습니다.

내 어느 여름날의

뜨거움이 저러했을까요

밤이 깊었습니다.

산방창가에

마른 가을이 떨어집니다.

가끔씩 산짐승 소리가

멀리서인 듯 들려옵니다.

눈을 감아도

그리움은 사방에서 터져나옵니다.

걸음에 지친 몸이

갑자기 측은해집니다.

그래 기어이

잠 못 드는 밤엔

홀로라도 산길 걸으며

흩어지는 달빛을 모으렵니다.

언젠가 후일에

찬비 내릴 겨울밤

그 달빛 헤쳐 놓아

그대 새벽을 데우렵니다.

2011. 9월 설악 봉정암에서

우거짐

산에

들에

바다에

공중에

내 가슴에

들풀처럼 얄그작 얄그작
숲이 좁구나
무성한 그리움이여

가을 조문(弔問)

- 지난가을로 너는 다시 오고
지병처럼 나는 또 너를 앓는다 -

비가 그쳐야
너라도 마를텐데
새벽부터 젖은 마음
잠든 숲을 바장인다
무성했던 잎들 여름을 벗고
가지에 깃든 산새들 참선에 드는데
노란 열매 한 알 바람이 떨군 머리위에,
은행나무 등걸을 움켜쥔 매미의 하얀 주검
긴 삶에의 어깃장인가
많고 많은 나무 중 은행이라니
하고 많은 날 중 이 빗속이라니…
짧은 가을숲속
부릅뜬 그리움만 우두커니
등나무 아래 비를 맞고 서 있다

늦장마

비가 내립니다
호수 건너편의
버드나무가 부옇게 보일만치
많은 비가 내립니다

언제부턴가 비 오는 날이면
이 호수를 멍하니
바라보는 버릇이 생겼습니다
수면으로 거칠게 떨어지는 빗방울이
마치 팔딱이는 은어같습니다
그
파문 속으로
채 물들지 못한
단풍 이파리 몇 개가 떠다닙니다
지난 바람이 그리 가혹했나요
그 방황이,
부유하는 내 모습 같아
가슴 한 켠이 싸아합니다

왕벚나무아래에서도
이 많은 비를
피할 재간은 없습니다
우산을 받쳐 든 손등위로
굵은 빗방울이
후두두 떨어집니다
비는
옆으로도 내리는 모양입니다
손이 시럽니다

둥지를
잠깐 벗어난 물총새 두 마리가
황망히 되돌아 간 호수 위로
물안개가 스멀스멀 피어납니다

안개에 젖은 내 눈에도
지난가을이 피어납니다

비가 내립니다

호수위로
잃어버린 가을날들이 떨어집니다

버려진 우산

- 호수위에 우산이 하나 떠 있다 -

그댄
내 마음에 내리는 비
난 당신으로 젖고
그 소리에 귀 기울여요

어디에서나 당신은 내리고
언제나 난 젖고 말지요
이 비 모이고 흐르면
강이 될까요
이 울음 고이고 가득차면
그리움 잊혀질까요

쓸쓸로 저어 온 나의 작은 배가
당신의 폭우에 침몰하는
이 비 그친 길끝에
당신이 서 있을까요

피할 수 없이 젖고 젖어
마침내 짓무르고야 말
당신이라는 범람 속에
구멍난 뼈로 허망한 닻을 내릴 뿐

이제 난 알아요
내가 가진 우산으로는
이 비를 막을 수 없음을

- 호수엔 아직도 비가 내리고 있다 -

비의 은유

술같기도 하여서,
주린 물소의 등가죽위로 증발되는
혹은, 오랜 가뭄을 떼지어 건너가는
흰개미의 분비물같은
비릿한 흙냄새에
벌써 취하는 건지도 모르지
남원식당 기와 처마 밑으로
포롱포롱 튀는 물방울들이,
청국장이나 빈대떡이 익을 때처럼
방치된 창자 속에서 끓을 땐
첫 여인의 살을 부비던
오래전이 아득히 그립기도 하지
꽃이 피고 지던 길
(꽃은 죽었다)
새가 울고 노래하던 숲
(새도 죽었다)
취기로 걸어온 자국마다
담즙처럼 고인

찢어진 북의 공명이다
금 간 나팔의 비명이다
수천 수 만의 창검으로
멜랑콜리아의 녹슨 심장마저 채혈하는
비는

벽 속의 쥐

이불을 깔다가 고양이 소리를 내며
병풍을 한 바퀴 돌았다

칸막이로 밖에 여겨지지 않던 두께가
어느새 벽이 되더니 속이 생겨났다
몇 개의 화분과 시집으로는
이 단절된 공간을 감당할 수 없다
말을 하는 짐승은 더러 귀찮을 것이므로
쥐라도 한 마리 키우고 싶었을 것이다
무엇이든 갉아 내는 소모가 차라리 품위 있는
가학
아직 석양이 붉고
아래층 된장찌개가 베란다를 넘어오고
무른 밤이 굳어지기 전
벽 속의 쥐를 이불 속에서 끌어안아야 한다

이 이불 속에서
아이를 만들고

가슴 위에 뉘여 딸들을 꿈 꾸이고
아들과 몸 장난한 지 오래되었다

병풍 속 쥐 한 마리 차갑게 웃고 있다

원형탈모

가을 지나며
수목이 뿌리째 뽑히더니
용암의 뜨거운 분출도 없이
머리통 너 덧 군데 분화구가 생겼다

예술짓한 고뇌의 흔적이라 얼러보지만
주야장천 털모자에 쉰내가 난다

쉬어 가며 걸어왔는데
그러려니 웃어왔는데

아니다
여름내 호박전이 먹고 싶었구나
동그랗게 말아놓은 잔치국수가 그리웠구나

뜨겁게 사무치던
서러운
분출이 있었구나

암중모색

숲을 떠난 날부터 더 이상 비는 내리지 않았다 발전의 매연으로 별빛마저 희미한 밤 살찐 달빛만이 적선인 양 음산한 밤길을 비추이던 그때 갑자기 잊고 있었던 누이 생각이 났다

누이가 인 꽃바구니에서 쏟아져 내린 건 동백의 핏물이었다 가끔 환기구를 통해 두어 뼘의 햇살이 들기도 하였으나 오후 네 시쯤엔 오히려 전등이 더 밝아졌다 밖엔 천둥이 치고 문을 열면 검은 눈이 쌓이고 있었다 숲을 떠나오며 책을 읽거나 삽화를 그리던 굴참나무 아래에 세 개의 돌을 쌓아 놓았다

미래에, 지나갔을 현재의 과거들을 기억해 내어야 한다 꽃을 쏟은 누이가 검은 눈 위에 엎드려 울고 있는 걸 보았다 울지 마라 고운 누이야 나는, 숲을 떠난 것이 아니라 잠시 벗어나 있을 뿐이니

낙타, 겨울을 걷다

그대
먼 곳에 있어
오늘 문득 겨울입니다
종일 눈밭을 헤매고 다니다가
누운 지금에야 온몸이 시렵습니다
태양은 인내하라 속삭이지만
희망은 지루한 랩소디의 후렴
불면으로 지나온 가을날들로
나는 이제 눈멀고 귀멀었습니다
붉던 바람 빈 들판을 쓸고
어둠 속 그림자들 길게 흩어져 가고
눈 녹인 입술로 내뱉는 문장들이
야윈 달빛에 저며드는데,
그대여
보이나요 듣고 있나요
겨울을 횡단하는
눈 먼 낙타의 비명을

바람에 부치는 편지

오늘은
많이 추운 날이었습니다

샤갈을 만나러 가는 길은
무척이나 멀었습니다

경포대 수면 위엔
한가한 오리 몇이 떠다녔습니다

반가운 얼굴들을 보고도
반가운 인사도 제대로 나누지 못했습니다

당신은 심술궂고
냉정하였습니다

강문 해변 백사장은
눈에 덮여 자못 이국적이었습니다

돌아오는 길가엔

성급한 가지 끝마다 새움이 돋았습니다

봄볕처럼 따뜻하고 가을바람처럼 쓸쓸하던
당신의 목소리가 생각났습니다

새·봄·처·럼·돋·아·나·기·를
더·운·바·람·으·로·불·어·오·기·를

당신은 시무룩하고
잔뜩 우울해 있어

이 편지를 보내지 못하고
벨라*의 기도 담은
바람결에 부치고 돌아왔습니다

(*벨라 - 샤갈이 평생토록 사랑한 여인)
- 몇 달 후 기적이 일어났다. 이 편지는 무사히 배달되어 샤갈을 닮은
  아람문학 김윤기수석님이 거짓말처럼 정상 회복하셨다. 감사한 일
  이다

난 당신의 무덤이 되리

함박눈 펑펑 하루를 덮는 밤
나는
당신의 따뜻한 무덤이 되리
도시에 채인 당신의 무릎을
감싸 안고 부엉이 우는 산골에 누우리
산다는 것은
누군가의 무덤이 되는 일
울 수 없는 아침에 쌓여진
그리움과 습기 찬 오후의
서늘한 위안을 밤의 상자에 담아
허물 벗은 당신이 정갈히 누워 쉴
편안한 무덤이 되리
모든 것은 바람의 선택
눈물도 온기도 사랑마저도
언젠가는 모두 잊혀져 묻힐 것을

봄의 포위

갈잎 반짝이는
함백의 오솔길을 걸으며
침묵의 달빛들을
가슴에 모아 담을 때에도 난,
나의 봄이
행복한 유년의 어느 하루처럼
설레이며 뛰어오길 기다렸다

갈매기 끼룩대는
외진 선창가에서
첫눈을 담은 잔에 바다가 비틀비틀
울렁일 때에도 난,
나의 봄이
첫사랑의 기억처럼
아련히 다가오길 기다렸다

퍼석이던 가슴에

목마른 달빛
출렁이던 객기마저
얼어 붙던 겨울

갈잎
스러지고
눈
마른 공중에
아!
마침내 봄인가

새들은
자유를 날고
산수유 가지끝에 구슬처럼 매달린
눈부신 봄의 공중에
나는

드디어
포위되고 말았다

이별

그대 나를
떠나간 후에라도
외롭거나 슬프지 마오
사랑의 약속 깨어져
이젠 서로 남남이 되었어도
더 잘해주지 못한 미련
가슴에 묻고 살으리다
생각해 보면
좋은 날도 많았지
행복에 겨운 찬란한 날도 있었지
하지만 이젠 모두
잊어야 할 타인의 기억
살다보면
때론 생각도 나겠지만
혼자 빗속 걸으며 그리움도 지우리다
좋은 인연 만나
남은 생 빛나시오
다정한 사람 만나

행복한 날들 즐기시오
하루하루가 즐거운 꿈이 되고
배려로 가득한
품속에서 지내시오
그러다가
세월이 흐르고 흘러
운명 앞에 눈동자 흐려지는 날
한 줄기 바람
그대 곁을 스치면
젊은 날 못다 했던 내 사랑인 줄 아오
안녕
내 오랜 사랑아

제**3**부　　이방의 모서리

옮겨가는 밥집

이 더운 날 구식 양복을
제대로 갖추어 입은 박가 놈 앞에
웬 수더분한 여자가 앉아 있다
콩국수 가락을 끊으며 힐끗
곁눈으로 보니 까무잡잡한 살결이
바다 건너 먼 곳에 고향을 둔 여인네다
연신 땀을 훔치며
갈치 살을 발라주는 박가 놈 눈길이
그녀의 두툼한 입술에 머물다 숨는다
이국의 낯섦을 배설하러 간 사이
그녀의 이력과 박가의 다부진 각오가
조용한 밥집에 소곤소곤 펼쳐진다
-참 무던하게 생겼네
-궁둥이가 펑퍼짐하니 애는 잘 뽑겠어
-인자 우리집에 밥 먹으러 안 오것네
살뜰한 짝이 생겼으니

살뜰한 짝이라…

아침값을 셈하며 거울을 쳐다보니
희끗하게 세월 배인 중년이 어정쩡히 서 있다
내 짝은 언제부턴가 살뜰치 않다
내일은 딴 밥집을 찾아봐야겠다

비와 커피

- 오늘과내일사이남부지방에약100mm의비가더내리겠습니다 -

헤즐럿향

창문에 타닥이는 빗방울

새벽

일 나가기 전
피곤을 늦출 커피 한 잔에도

미안하다

하루 살려는 준비조차...

(시작노트: 세월호 참사로 가슴 먹먹한 날에)

노숙의 변명

자명종을 부수어
불 꺼지지 않는 신도시에 버리자
일어나고 싶은 시간에 일어날 것
전화기도 깨트려
재래시장 어물전 귀퉁이에 던져 넣자
죽는 순간까지 입 다물지 않는
비릿한 웅변을 듣지 말 것
자비가 죽은 거리
인색한 배려로 비좁은 길을 떠나
금수강산이 산책길이다
방방곡곡이 야영장이다
이제 더 이상은
밥을 얻기 위해
내 영혼이 불편해 할
어떤 타협도 하지 말 것

가을의 토렴

시래기나 몇 단 살까 하고
지나다 들른 고향 장터에서
구촌이던가, 가늠하던 여든 노인이
앉아서 얘기하자며 어릴 적 몇 번 와 본
소머리국밥집의 오후에 나를 앉혔다
수 차례의 토렴으로 뜨끈해진 투가리엔
그도 먼 친척이라는 주인아줌마의
인정이 수북이 덤 얹혀지고
오래전에 돌아가신 아버지의 젊은 날들이
구촌의 기억 속에서 낯설게 살아났다
지금 내 나이쯤의 아버지와 이 집에서 자주
술 한 잔 했다고 하였다
소 혓바닥을 소금에 찍어 먹는 것도 어째 그리
닮았다는 말에, 당신 몫의 고기를 내 그릇에
옮겨 주던 옛날이 생각났다
다섯 자식 건사하려니 술 한 잔 맘 편히 즐기기
힘들어 했다는 여주인의 말에 에둘러 창밖을
보니 아버지의 팔 등목을 타고 따던 모과나무에

주렁주렁 노란 열매가 달려있었다
밖엔 비가 추적추적 내리고
가마솥 연기는 모과나무 가지 사이로 번져 가는데,
소금에 얹어 둔 소 혓바닥이 자꾸만
흐리게 보여,
웬 가을비가…
애꿎은 푸념만 오래전 가을을 토렴하는
빗소리에 젖어들었다

잉여(剩餘)의 몸짓

도심 한복판 공원 광장에
'국민 대통합을 위한 축제'가 열렸는데
노래 자랑하러 나간
휠체어 박씨가 불편한 몸으로
'눈물 젖은 두만강'을 건너고
한 잔 걸친 노숙자가
'비 내리는 고모령'에서 한쪽 팔다리를
덜덜 떨다가 들어가고
진행요원들 부축으로 겨우 무대에 선
여든아홉 김영감이
'불효자는 웁니다'
거친 소매로 눈가를 훔치더니
남은 노래 잇지 못하고
어린아이처럼 훌쩍훌쩍
– 어머니이 –
바닥에 풀썩 무너지는데
– 여기서 이러시면 안 됩니다 –
사회자의 익살스런 멘트에도

구경하던
들풀, 늙은 바람, 걷지 못하는 행진
다음 공연을 준비하던 각설이패들 모두
숙연하게 제 부모들 가슴으로 삼키는데 –
'엄마'에서 '어머니'로 호칭이 달라진 후
쫓기듯 살아온 시간 속에
나 태어난 자궁과도 멀어져온
지난 세월 서러워
눈 시린 척 가늘게 올려다 본
하늘 파랗게 멍들어 있고
궁민(窮民)들 대통합도 눈물겨워 시립니다

가을, 길을 만나다

아무렇게나
뜯겨진 들판 앞에
나를 내려놓은 시외버스는
길 위에서 조그맣게 사라져 버렸다
날마다
가을은 조금씩 베여져 가고
비수처럼 떨어지는
붉은 잎 하나
몇 개쯤 버리려
나선 마음
발끝에 채이는 돌멩이를 따라가다
뒹굴다 엎어지고
무너져 버리고
마른 발길에 문득
목이 메이고
가슴이 시려오고
마침내
지쳐 주저앉은 들풀 사이로,

아 ! 미역처럼
살아 있는 늙은 민들레
살아 내리라
견뎌 내리라
돌아가야겠다 떠나온 길 위로
노을 들판에 황금비늘 반짝인다

술 취한 사내를 따라 걷다

술 취한 사내의 뒤를 걷게 되었다
작고 마른 몸집이었다
한참이나 말없이 공중전화를 들고 있었고
먼 곳을 노려보다간 생각난 듯
웅크리고 앉아 민들레 이파리를 쓰다듬었다
닫힌 은행 문 앞에서 오줌을 누었고
검은 비닐봉지를 헤쳐 놓은 재색 고양이를
따라가다가 차도로 내려가선 두 팔을 하늘로
뻗고 오랫동안 서 있었다
무어라 소리쳤지만, 밀려 선 차들로 소란하였고
비가 내렸고 바람이 많이 불었다
네거리 커다란 전광판 안에선 카키색 비키니를
입은 미끈한 여인이 포도주를 마시고 있었고
그 아래로, 대기업 최고흑자기록갱신 불경기로
중년 실업 늘고 가계대출 사상최대등의 자막이
빠르게 지나갔다

한 키 작고 깡마른 사내가

온몸을 떨며
비틀거리는 세월을
가로막고 서 있는 것을 보았다

주문진에서

  늙은 항구의 폐선에 괭이갈매기 몇 마리가 오후를 쪼고
있다
  햇살은 거친 항해를 추억하는 갑판의 비릿함을 데우고
  굵은 힘줄의 사내들이 삶을 견인하던 찢어진 그물 사이
  비늘의 역사를 하나씩 핥고는 더 이상 회전하지 않는
  모터의 녹슨 철망 위에 포개어 앉는다
  저 배를 움직이던 사람들은 다 어디로 갔을까
  배는 정박하려고 만들어진 게 아니라지만
  떠나고 싶지 않은 자 누가 있으며 돌아오기 싫은 자 또 누
가 있을까
  새털구름들이 흩어지고 샛바람이 불더니 탄다, 저 바다,
노을에 익는다
  시뻘겋게 통째로 불붙은 화엄,
  떠나고 돌아오지 않은 이들의 전설을 태우고 이윽고 재
가 된
  어둠은 생각보단 소란한 침묵이다
  밤은 추억을 밝히는 검은 빛이다 저 추억 속에도,
  한때는 사내깨나 파묻었을 가슴을 출렁이며

속초댁이 주문을 주문한다

내가 주문하기보다 더 많은 걸 주문해 오는 삶에서

난 오늘 무엇을 주문해야 하나

이 바다 앞에서 많은 이유들을 주문하던 그들은 다 어디로 갔을까…

그때,

나는 보았다

바다로 쏟아져 내린 밤하늘의 보석들

생활을 건지다가 물고기를 건지다가

바다에 떠 있는 보석을 보고

딸아이의 목에 아내의 손가락에 걸어 줄 보석을 건지러 뛰어들었을 것이다

돌아오지 않은, 아직도 돌아오지 않는 그들은

먼지의 실종

떠나자

어차피 버리고 가야 할
모든 것들에게서
떨어지는 연습을 하자

서투른 세상살이로
남은 것은 명료한 고독

가문비 나뭇가지 위에
어린 꽃사슴 발자국처럼
얹혀진 저 구름 그립겠지만
새벽을 철컹철컹 지나는
마지막 기차 소리에 가끔 울컥해지겠지만

살갗을 베는 혹한의
바람에 서러운 눈물조차 얼어붙어
아득하게 방치된 삶이

오히려 홀가분할 때
한 말 얼음이 녹아가는
시린 가슴을 손에 받쳐 들고

떠나자 먼지처럼

외로운 실종이
새봄 두꺼운 눈 속
잡초 사이에 돋아나더라도

먼 길

추석에도 일했다던데 –
심장마비란다 –

막둥이 시집보내고 나면
밀린 회비 싹 다 갚고
산악회 열심히 나오겠노라던
용접공 우씨
그 맑고 고운 날 다 보내고
하필이면
비 오는 날
하필이면
이렇게 우레 듣는 날

멀고
긴
산행을 준비 중이다

푸석한 얼굴을 덮은

90

저 국화 시들고 나면

그는

이제 산 아래로 내려올 수 없다

이방의 모서리

낯선 개들이 짖고
잊어야 할 이유들이 떠도는 밤거리에
비가 내린다

- 꼭 이런 날 비는 내리지 -

상처랄 것도 없을 선택들은
살아 낸 하루의 감사에 묻혀지고
우윳빛 가로등

- 비틀거린다 -

언제
꽃이 피고 낙엽지고
그것들을 덮은 눈이 녹아
이 거리 어둡고 습한 바람 속으로
나 당신을 찾아 나설까

산다는 것은
외진 이방의 어느 술잔 앞에서
패잔병의 무용담을 듣는 졸음

- 아파서 우는 게 아니라 우니까 아픈 거지 -

도저히 정들지 않는
삶의 편린들을 안고
오늘 또 움켜쥐는
이방인의 보따리가

더는 덜어 낼 것도 없을
명태 눈알처럼
허전하다

라면을 끓이다가

마흔 몇 해 전,
사랑방 메주 달린 시렁 위에
꼭꼭 숨겨둔 라면 한 봉지
십구공탄 연탄불에 나 몰래 끓여
고추밭 옆 옥수수 고랑에서
누런 콧물 질질 흘리며 먹던 막냇동생

서울로 공부하러 간 두 해 만에
피가 하얘지는 몹쓸 병이 들어 그 흰
뺨을 울 엄니 시퍼렇게 멍들도록 때려도
도무지 붉어지지 않고
- 그래 아비 따라 가거라 이 무정한 새끼 -

달아나다 베인 발바닥에서
라면 국물보다 더 많이 흐른 피가
내 잘못만 같아서
그때 몸속 피가 모조리 말라버린 것만 같아서

떠난 지 하마 서른 몇 해 지났는데
산에 뿌린 지가 아득한 옛날인데
가스레인지에 라면을 끓일 때마다
옥수수 대궁 타는 냄새가 난다
매캐한 연탄 연기 눈이 따갑다

춘궁기

이팝나무 아래 어릴 적 쏟아버린 쌀알들이 흩어져 있다

사흘 걸러 하루씩 우리 집에 쌀을 꾸러 오던
목수 김씨 막내딸 필남이는 멀대같이 키만 컸다
"각시 왔다아 쌀 줘라아"
아들만 내리 다섯 낳은 엄마의 지청구보다
늘 여분의 양을 더 담은,
굵은 실로 얼기설기 꿰맨 쌀바가지는
그녀의 허술한 윗도리마냥 불안했다

이팝나무를 흔드는 키 큰 소녀와
오래된 쌀바가지를 든 작은 소년

영산홍 붉게 핀 앞산 어느 모롱이에서
남실바람 불어와
이팝 이파리 사이로
소녀의 속살을 설핏 보았던가
푸드득 놀란

산 접동새가 엎지른
바가지엔 이팝 꽃잎들이 쌀만큼 쌓이고

위로 세 언니가
대처로 밥 벌러 간 후에도
키 큰 소녀는 봄만 되면
이팝나무를 흔들어 대었다

아침 산책길
이팝나무 아래에 서면
산 접동새 날아간 먼 하늘을 바라보며
먹어도 먹어도 배고프다던
어린 봄날 각시가 생각난다

국수

살다 보면
물에 빠져 허우적거릴 때도 있고
좋던 인연이 툭 툭 끊길 때도 있지

젖지 않고 마를 수 없고
끊지 않고는 이을 수 없는
복잡하고
시끄러운 세상

상처 난 마음들이 빗장을 닫고
굳은 몸들이 서로를 피할 때

마른 가슴 움켜쥐고
눈물로 새벽을 연

그런 사람들과
국수를 먹고 싶다

제4부　제5계절

풀의 자세

바람도

비도

햇볕도

온몸으로 스치우는

저

빈틈없이 도도한 무방비

적 요(寂寥)

잠 깨인
새벽에 빗소리 들리면
그대
맨발로 내게로 오라
난 아직
비의 적막이 두렵고
그댄
흰 빛을 가졌으니
그 빛으로 불 밝혀
그대
맨발로 뛰어서 내게로 오라
비구름에 묻힌
여명 사이로 나는 기꺼이
그대 긴 발자국을 지우려니…
오두막에
마른 솔 향 피어오르면
젖은 나래들을 풀어헤치고
그대

내 품에서
죽음처럼 잠들라

새벽은
또 다른 새로운 벽

난 아직
밤의 함성이 두렵고
그댄
붉은 고요를 가졌으니
그대
맨몸으로 내게로 오라

새와 노을

노을 아래서
황금빛 갈기를 가진
눈이 맑은 새를 보았다

시원(始原)의 정갈한 하늘이 서린 그 눈엔
하루 종일 파아란 숲이 출렁이고
지중해 어느 바닷가에서 깨어난
고요한 바람이 불었다

그 고운 눈에 보여지는 세상이
아침이슬같이 깨끗하고
은어 비늘보다 반짝이고
샘 깊은 물처럼 투명하길 바랬다

새를 보는 시간들이
노을 아래 기다려지고

그 황홀한 지저귐 속에서도 나는

조금씩 앞으로 기울고
갈기가 더 바래지고
눈빛이 흐려져 간다

이
찬란한 소통을
내 안에 계속 가둬둘 수 없다
새에게나 나에게나
그건 너무 가혹한 일이다

노을 아래에 서면

소나무와 구름

이 비 그치면
인적 드문 산허리에
오두막 한 채 짓고 싶다

산새가 쪼다 남은
푸성귀로 배 채우고
때 절은 광목 앞섶을
헤 벌린 채 웃는
좀 모자란 아낙 하나 손잡고
구름 걸린 주목 아래
낮잠을 자고 싶다

흘러가겠지
지나가겠지

청설모가 깨운 잠을 털고
산 그림자 어룽이는 콩밭을 지나
옥수수로 담을 친

저녁을 넘으면
고라니 울음소리 살가운 밤에
푸른 달빛 서린 거적 위에서
참 천한
사랑 한 번 하고 싶다

풍 란

걷다가
뒤를 돌아보니
제 갈증에 지친
내 몸이 따라오고 있다
멈춰 선
검은 나무 아래서
바위를 쓰다듬는 흰 손이
비에 젖어 파르르 떨린다
온종일
숲에 머물던 마음을 데려오는 것은
바위에 뿌리내린
때늦은 주저

바람에서 생겨나
비에 씻겨 사라질
저 정갈한 고독

회 한

꽃 보려
앞선 마음
볕드는 창가로 난을 옮겨 놓았다
한 며칠
필사적인 보랏빛 향에
우둔한 성정이 즐겁더니
봄비 내린 다음날부터
잎이 까맣게 타들어 내렸다

욕심이 과하였구나

비와의 조우를 훼방한 몽매가
자연할 생명 하나
죽여 버렸구나

이 우둔은 예정된 고립

그 삶 거두어

삼가 조의를 표한

흰 한지에

이제사 빗물이

눈물로 젖다

사막의 별

꽃을 만지고
나무를 안고
비를 쓰다듬었다

들판을 그리워하고
숲에 귀 기울이고
구름을 희롱하였다

살아가는 일이
사유의 여백을 비추는 것인데
이런 것들이
그대들의 잣대로 죄가 된다면

이 작고 볼품없는 별의 지구인들이여
나를 한 오백 년
우주에 버려 다오

민들레 영토

공원 한 구석 장미 그늘 아래
그녀는 늘 졸고 있다
가끔씩 인기척에
오두마니 감싸 안은 무릎을 화들짝 펴곤
주섬주섬 담는 손등이 거미줄을 닮았다
나머지 한 손을 본 적이 없다
나물을 담을 때도 값을 셈할 때도 칭얼대는 아이를 보듬
을 때에도 짧은 왼팔은 버려진 침묵이다
연인들은 햇살에 손차양을 드리우고
새하얀 털을 가진
눈 큰 강아지가 잠깐씩 용변을 보고
싸전 아저씨가 한 움큼 비둘기를 부르는

그곳엔
민들레가 산다

호수 앞에서

흐른다는 것은 어쩌면 예정된 혼란
테두리만큼의 자유
갇혀 있다
파도도
햇살도
길도

살아가는 일이란
섬 안의 호수 위를
떠다니는 오리의 물질 같은 것

명랑한 오후
바다로 나아가지 못한
익숙한 체념들이
습관처럼 벤치에 드러눕는다

낙타는 홀로 잠들지 않는다

길을 떠난 지 오래되었다

가도 가도 끝없는 사막

푸석한 거죽 위로 불꽃이 떨어지고

부르튼 발굽은 갈라져 버렸다

언제였던가

초록을 노래하던 봄

새로 생긴 별빛은 우리를 따라 다니고

달 없는 밤에도 꽃들은 피어났지

끝나지 않을 여름

모래바람이 앞을 가려도

이 길 끝 늪에라도 닿는다면

가고 또 갈 뿐이지

카라반의 눈물을 싣고

허수아비의 독백

창 넓은
밀짚모자 위로 구름이 지나가며 말하였다
– 아무도 그를 본 적은 없어 하지만 시간은 모든 걸 만들
어 내지 –
내일 또 보잔
약속이 번번이 어긋나도
하루살이들을 바라보는 것은
내가 가진 시간의 비밀스런 축복이었다
달이
완전한 둥긂을 갖출 때쯤
내 몸이 불타 사라질 거라고
참새가 쫑알거렸을 때에도 나의 친밀한 바람은
숲과의 춤을 잠시 멈추고
나의 구멍난 등을
가만히 토닥일 뿐이었다
풀 여치는
절대 내 몸을 물어뜯거나
성가시게 하는 일이 없었다
가끔

뿌연 비가 오는 새벽에
지친 얼굴을 내 겨드랑이에 파묻고
한숨처럼 잠깐씩 잠들곤 하였다
풀 여치를 위해
근사한 집을 지어야겠다고
생각하던 어느 늦은 오후
나를 닮은 또 하나의 내가
불타고 있었다
재가 된 지푸라기들이 허공에 떠다녔다
코스모스는
제 몸을 쥐어뜯으며 흩어져 내리고
떡갈나무 가지에
앉아있던 부엉이는 연신
제 머리를 나뭇등걸에 찧어대며
벙벙 울어대었다
그래도
난 서러울 수 없었다
그리고
사흘

이틀
하루
숲의 정령이 노래를 멈추고
별의 요정들이 하나둘 빛을 감추며 달이
그 달이
마지막 둥긂을 갖춘 밤에
또 다른
나를 태웠던 횃불이
저만치서 다가오고 있었다
숭숭
뚫린 가슴 한복판을
바람이 지나가며 말하였다

- 시간은기다리는것이아니라극복해나가는거야-

여태껏 본 적 없는
커다란 달이
구멍 난 밀짚모자 사이로
나를 비추이고 있었다

가을이었다

공중의 포화

숲에 내리던 비의 빗금
바람을 써는 새의 날갯짓
그리운 날 부르던 흩어진 이름
새벽을 데우던 실없는 달빛
소나무에 내린 구름 그림자
허공에 뱉어 놓은 독백들로
꽉 차 있다

공중

가을과 겨울 사이

걷는 사이 바스락 가을이 간다

오소리 덤불 속 쓰르라미
움츠린 날개가 이슬에 차다

마른 깻잎 같은 햇볕에
남은 세 알 홍시가 말라간다

달빛에 걸린 푸른 다람쥐
마지막 잎새 떨구어 놓고

잠 깬 부엉이
고요한 별빛을 물어 나른다

이 모든 것들 그리울 날 있으리
그러나 가을아 이제는 안녕

이 풍경 속에 서 있던 날 생각나리

그러니 가을아 지금은 안녕

걷는 사이 뽀드득 겨울이 온다

가을을 보내며

비다

은행나무 밑에서 잠이 깨었다 녹색차가 달빛 아래 흘레붙은 개들을 가리고 섰다 오물을 먹은 녹색창고가 떠나는 진동에 은행 알이 후드득 떨어진다 아니, 비다 비의 껍질에서 몇날을 묵혀 둔 쓰레기 냄새가 난다 가을이 썩고 달이 썩고 내가 썩는다 개들의 거친 숨소리에 내 숨이 가쁘다 나는 웅크리고 개들을 쳐다보고 사람들은 나를 쳐다보고 달은 이 새벽의 혼란을 쳐다본다 얼마나 미쳐 있는 건가 얼마나 더 미쳐야 하는 건가 가을이 돌고 달이 돌고 마침내 나도 돌고야 말 것이다 비다, 아니 달빛이다 눈뜬 꿈속에서조차 이 가을은 내게 헐렁한 한 삽도 내어주지 않는다 결국은 줄어드는 섬 안에서 나는 이 가을을 보내고야 말 것이다

제5계절

멀어진 해에 잎들을 딸려 보낸 가지가
제 입김으로 손을 녹이고 안으로만 흐르던
유리벽을 바늘 볕이 아주 조금씩 깨는 그
더딘 회복을 무엇이라 부를까 사랑을 알고
이별을 알아 전깃줄에 덧댄 거미의 그물에도
그림자 없는 새의 날갯짓을 걸어놓고 싶은
겨울과 봄 사이
딴 이름을 가진 계절이 하나 더 있어야 한다
아직 시린 들판에 온몸 흔들리며
피어나는 꽃들을 보면 알 수 있다
한번도 울음소릴 낸 적 없는 순응
가을로의 여름보다 봄으로의 겨울이 눈물겨운 이유다
탈피로 드러날 감춰 온 내상(內傷)

겨울의 끝과 봄의 시작 사이
그 당혹스런 계절을
이제부터 '겨움' 이라 부르기로 한다

명징한 거미줄에 걸린 낮달
이러지도 저러지도 못하고 공중을 서성인다

해송을 오래 보았다

가장귀가 휘청 늘어지도록
몇 날 며칠의 적설을 떠안고
억지로 울음 참는 마른 어깨
보았다, 어디선가
거친 파도로 신음하는 바다
뭍을 경계 짓는 해안의 끝에
이끼 낀 솟대처럼 무요(無要)한
해송 한 그루
버티어 온 둥치가 삭풍에 애련하다
더러 맑은 날
가끔의 새벽 별빛
온기 없는 달빛으론
녹지 않을 저 적념(寂念)
하 많았을 인내에 내 푸념이 무안하다
그저,
성긴 시심의 그물로나마
흩어지지 않게
무너져 내리지 않게

한 뼘 그늘 없는 공중에
재갈매기 한 마리
가지 끝을 견인하느라
날갯짓 부산하다

마지막 해동

열두 폭 병풍을 두른 듯
앞산 주작이 휘뚜루 나열해 있고
뒷산 현무는 미려한 꼬리를
옥수에 살짝 담궈 놓았더라
청청한 마루에 겨울 햇살 따뜻하고
솔가지 타들어 간 아궁이엔
묵은 전설이 꿈인 듯 피어 오르더라
서 발 막대 눈 감고 휘둘러도
한 마장 안엔 거칠 것 없었을
아흔 아홉 간 송소 고택 앞
문전옥답 볏 대궁 위로
녹다 만 잔설이
소박맞은 새댁 터진 버선처럼
보기에 애잔터라
볏짐 지고 알곡 훑던 삼돌이 곱단이
까부는 소리 아직 귓가에 쟁쟁한데
길 건너 땅 장사치들

마지막 해동 앞둔 논밭 위를

이리 긋고 저리 긋는

측량이 신중하더라

목 련

봄비 적신 붓
새벽하늘 화선지에
사무치는 그리움
수묵으로 그려내는
필치가 애잔하다

동굴, 봄의 발전

- 비를 피하고 싶었을 것이다 -

깨어진 강물이 흐르는 건
바다로 더운 길이 나 있기 때문이다
더러 역류하고 돌아간 적 있지만
그 또한, 길 난 곳으로의 허무한 저항
한 개비 늘어난 오후 햇살에 무좀처럼 번지는
개화(開化),
봄은 늘 오래 된 습진인 듯 따갑다

이젠
불을 피우려
넓은 나뭇잎을 모으지 않아도 된다

산벚나무 그늘에 앉아 있었네

누이 없던 나는
봄이 온 지도 모르고

떨어진 자목련을 툭툭 차며 걸었네

옆집 명호 동생 명희의 소쿠리에
진달래가 가득 차도록

노루귀꽃 꺾으며 앞서 걸었네

봄볕이 살금살금 개울을 건너
누이의 종아리를 하얗게 비추고
두견새 우는 앞산 외딴 초가로 숨던

이런 봄날 이런 오후에
산벚나무 그늘에 앉아 있었네

오래도록 아무 말 없이
산벚나무 그늘에 앉아 있었네

여름

산길
몇 번 걷는 사이
꽃이 피고
지고
새소리가
한층 명랑해지고
덤불이
깊어지고
그늘이
넓어지고
모든 경계가 헐렁해져

촘촘 돋던 봄

주섬주섬 떠났다

치열한 내적 고투의 빛나는 상흔들

권 순진(시인)

시인들은 대체로 첫 시집에 자신의 내면을 비추는데 봉헌한 시들, 혹은 일상과 기억에 읽힌 성장통과 같은 감정을 관념적으로 진술한 시들을 모아 놓곤 한다. 시를 쓴다는 건 자신의 내밀한 정서를 드러내겠다는 의지이며, 시집을 낸다는 건 그 의식의 바닥까지 탈탈 털어 남들 앞에 펼쳐 보이겠다는 용기이다. 강국진의 첫 시집에 오른 많은 시들은 개인사의 여러 지점에서 퍼다 올린 저릿한 상처와 그리움 그리고 한과 꿈의 편린들로 채워져 있다. 시인은 그 순간 시간의 숲에서 신선한 감성을 꽃피우는데, 그 꽃의 언어로 스스로의 영혼을 치유한다.

시인은 남이 보지 못하거나 보지 않는 것을 보고, 남이 보는 것을 다르게 본 것에 대해 글로 쓰는 사람이다. 그리고 남이 겪지 않은 응고된 시간을 기꺼이 용해하여 남들에게 보여주는 사람이다. 강국진의 시집에는 외적 대상이나 풍경을 서정적으로 그리거나 노래한 시는 그리 많지 않다. 대신 자신의 내면에 자리 잡고 있는 의식과 관념을 제어하고 통제하면서 자아를 발견해가는 시들이 많다. 그만큼 주체적인 의식을 바탕으로 한 신중하고 경건한 삶에 대한 태도가 엿보인다. "산다는 것은 외진 이방의 어느 술잔 앞에서 패잔병의 무용담을 듣는 졸음"이라며 시인은 겸손해하지만 그의 시는 치열한 내적 고투의 빛나는 상흔들이다.

"영혼은 천국에 있고 몸은 지옥에 있는" 이상과 현실의 길항 가운데서 끊임없이 고뇌하며, 때로는 빠르게 변화하는 세상에 적응하면서 시인이라는 자기존재의 항상성을 유지해나가고자 한다. 생의 허무와 시시때때로의 절망만을 생각한다면 우리의 일상은 무의미한 순간들로 이루어진 파편화된 삶의 조각들이다. 그것들이 모여 우리 삶의 영역을 이룬다. 하지만 일상은 삶의 단편적인 조각인 동시에, 우리 시대의 부정적인 것과 긍정적인 삶을 망라하며 포괄한다. 현대사회 속에서 시는 이러한 무의미한 순간들을 포착하여 하나의 의미를 이루고자 하는 정신적 행위인 것이다.

응고된 시간의 한 순간을 반추하거나 변화하는 계절에 사색이 머물러 그로부터 어떤 이미지를 포착하는 것은 시인이 자신의 시적 세계를 마련하는데 매우 소중한 지점이다. 시 속의 사건들은 특별한 사건을 상정하지 않더라도 삶의 본질을 포착하는 중요한 순간들로 기능하게 된다. 하지만 강국진의 응고된 시간은 평범치 않은 자신만의 서사가 존재하므로 독자의 흥미를 이끌어낸다. 시인의 삶은 누구나 경험할 수 있는 것이기도 하고, 그렇지 않을 수도 있다. 하지만 시인은 남이 보지 못하는 것과 자신만이 경험했던 것을 포착하여 시인의 섬세한 감성이 개입되었기 때문에 독자들에게 특별한 정서와 감흥을 제공한다.

삶의 주변부에서 흔히 볼 수 있는 정황을 통해 시인은 특별한 시적 세계를 펼쳐 보이기를 언제나 희망한다. 그의 시는 일상적인 시적 정황뿐만 아니라 보편적 정서를 기반으로 하는 서정의 지점까지 아우르고자 하는 노력을 기울인다. 서정적 자아가 갖는 내적 발화는 그것의 주관화된 감정 상태에도 불구하고 언제나 객관적 양상을 확보해야만 한다. 그의 시는 이러한 객관적 양상을 확보하기 위해 스스로도 노력하지만 독자들에게 끊임없이 동의를 구하고자 한다. 그리하여 독자들은 시인의 시를 통해 보편적 정서와 사유를 공유할 수 있게 되는 것이다.

강국진의 시는 쓸쓸함과 막막함을 느끼면서도 자아를 담담히 추스르고 있다. 흘러가버린 시간과 멈추어진 시공 속에서 상념을 거듭하고 사유의 촉수를 곤두세워 시를 발굴해낸다. 시인은 자신의 인생론적 성찰에 대한 기록이라고 할 만큼 솔직하고도 담백한 이야기를 이 시집에 풀어놓았다. 때때로 자의식이 넘치지 않나 싶을 정도로 자신을 돌아보며 근원적인 삶의 명제에 대해 끊임없이 질문하고 사색한다. 삶의 변곡점을 고뇌하고, 사랑의 언저리 어딘가에서 진리에 가까운 사랑의 힘을 찾아내고자 한다. 지나온 삶의 경유지마다에 남겨놓은 자신의 흔적을 보듬고 성찰을 글로 남긴다는 것은 반드시 시가 아니라도 인생에서 매우 유효한 작업이다.

적빈의 가슴에 뭉근한 달빛을 품는 행위라 할 수 있겠다. 지나쳐버리고 잊힌 시간과 그 공간에 대하여 세밀하게 들여다보는 눈빛은 아름답고 매력적이다. 어떤 작품은 조금만 더 조탁에 힘을 기울이면 제철을 만나 펄떡이는 겨울 숭어처럼 생동감 있는 영혼의 진면목을 볼 수 있겠다는 생각도 들었다. 현대시의 양상은 대체로 자아를 인식하면서 성찰로 연결되는 경우가 많다. 시인 자신의 삶의 궤적을 반추하거나 현실을 응시함으로써 어떤 지향적 화해를 탐색하는 과정으로 이어지기 때문이다. 몇 편의 시를 통해 그 사유의 일단을 살펴본다.

　시든 장미에
　더 이상 줄 수 없는 정성은
　내 몸에 진물로 흘러내렸다
　영육의 일체가 되는 것인가
　영혼은 천국에 있고
　몸은 지옥에 있다
　신이 죽은 밤
　초인은 별을 노래하고
　까마귀들이 뜯어 간 내 살점들은
　하늘 가장 가까이에서 흩어져 산투르의 노래가 되었다
　식은 피는 희망을 잠재우고
　차가운 몸은 구원을 버렸으니
　거룩하다
　자유로운 사색의 지옥이여

「사색의 발전」 전문

　사색이란 본디 가지가 가지를 치고 또 뻗어 사유의 큰 강물을 만나게 되어있다. 시인은 그 가지 끝에서 어떤 문제에 대하여 현실과 이상의 괴리를 느낀다. 대체로 이상은 꿈을 수반하므로 천국처럼 황홀하고 현실은 지옥처럼 엄혹하다.

이를테면 공산주의만 해도 그렇다. 물론 자본주의도 다르지 않다. 그리고 이러한 괴리는 우리의 현실에서도 자주 겪는 현상이다. 뒤틀린 현실 속에서 우리의 열정과 꿈이 매몰되고 숱한 시행착오를 겪으며 어려운 질문과 불쾌한 답변을 강요받고 있다. '식은 피는 희망을 잠재우고 차가운 몸은 구원을 버리기' 일쑤다. 우리의 희망과 꿈은 '하늘 가장 가까이에서 흩어져 산투르의 노래가 되었다'

'산투르'의 원형은 페르시아에서 유래하여 세계 각지로 전파되고 나아가서 유럽에서 피아노로 개작되어 악기의 왕자라고까지 일컬어지게 된 타현악기이다. 피아노와 다르게 건반을 사용하지 않고 평행으로 쳐진 많은 현을 두 개의 소형 해머로 두드려 음을 낸다. 때로는 봉을 놓고 손가락으로 연주하기도 한다. 18~19세기에 들어서서 새로이 등장한 피아노에 자리를 물려주었던 서구나 아메리카는 예외로 치고, 산투르계의 악기는 원조지역인 이란을 비롯하여 터키, 그리스, 이집트, 그루지아 등 지금도 유라시아 대륙의 많은 지역에서 애용되고 있다. '까마귀들이 뜯어간 내 살점들'로 노래가 된 '산투르'가 역설적이게도 거룩하다.

거푸 석 잔을 마시고 나서야
컴컴해 있던 하늘은 비를 쏟았다

유년의 징검다리 저 끝에서
위태하게 무넘이를 건너오던 키 작은 외할머니는
"아이고 방정한 내 새끼 고뿔들라 어여 가자 어여"하시며
정부미 포대에 싼 두툼한 윗도리를 꺼내 입히셨다

툇마루에서 종일 불콰한 얼굴로 약주를 드시던 아버지가
결연하게 참고서를 불 지른 열아홉 살 여름에 내리던 비는
시리도록 차가웠다

갑작스런 동생의 죽음위로
굵은 비는 뜨겁게 볼을 타고 흘렀다
날 바쳐 출세할 동생은 연기되어 사라지고
강물에 닿기도 전에 비에 녹아 하얀 물감이 되었다

또다시
석 잔을 마시고 나서야 내겐
할머니가 없음을
아버지가 없음을
동생이 없음을 깨달았다
그리고
우산도 없다

장마다

「장마1」 전문

유년의 아픈 기억이 여전히 서럽고 슬프다. 그 응고된 기억은 추억이라고 부르지 않는다. 그러한 기억들은 묘하게 지워버리고 싶어도 잘 지워지지 않는다. 가족사란 대체로 행과 불행의 순간이 교차하기 마련이겠으나, 유독 쓰라린 기억은 어두운 구석에 웅크리고 앉아있게 한다. 그리고 쏟아지는 비를 고스란히 맞는다. 언제나 '거푸 석잔'의 술을 마시게 하고 그리고서야 '정부미 포대에 싼 두툼한 윗도리를 꺼내 입혀' 주셨던 할머니가, '결연하게 참고서를 불 지른' 아버지가, 이른 나이에 죽은 동생이 지금 없음을 번쩍 자각한다.

그러나 시간의 흐름이 있기에 나 자신도 여기 현재에 존재하는 것이다. 별똥이 떨어진 그곳, 우리는 그 공간을 마음 속 깊이 넣어둔다. 그리고 다음 날, 또 그 다음날도 그곳에 가려고 벼르고 또 벼르지만 그 사이에 우리는 훌쩍 커버린다. 별똥이 떨어진 그 자리가 그리움이 아니라 비탄의 현장일지라도 그곳은 우리의 고향이고 유년의 추억이 머물던 곳이다. 두 눈이 시뻘게지도록 다시 울음이 복받쳐 오를지라도, 다만 깨금발 딛고 기웃거릴 뿐 다시는 돌아갈 수 없는 고향집 툇마루이다. 각인된 기억이 아무리 고통스러워도 필사적인 현실을 밀쳐낼 수는 없는 노릇이다.

시든 장미 넝쿨 아래로

시간이 지나가네

유모차에 머물러 있는

아이의 붉은 뺨 위로

시간이 지나가네

맨몸으로 구르고 굴러

낡은 껍질과 동그랗게 굽은 등을 가진

여인의 주름 많은 손가락 사이로

시간이 지나가네

꽃 진 자리 위에

아이가 울고 아이가 웃는

사이에도

시간이 지나가네

내게 붙들린 시간을

늙고 푸석한 풀 이파리들과 바꾸어

철 지난 장미공원에 널어 두었네

산위에 지붕위에 넝쿨위에

나의 작은 그늘 속에

오늘의 마지막 더운 빛을 옮겨가는

한 소쿠리의

시간이 지나가네

지나가네

「시간의 그늘」 전문

강국진의 시에는 유난히 흐르는 시간과 계절의 순환을 노래한 시들이 눈에 띈다. 지구의 태양공전주기를 알게 된 후부터 시간개념이 정해져 하루를 24시간으로 인식하게 되었다. 시(時)자는 날일(日)部와 寺(사)로 태양이 일정한 규칙(寸)에 의해 돌아간다는 계절의 변화를 뜻하는「때」를 의미하는 형성자이다. 시간의 어느 한 시점은 시각(時刻)이라 하고, 어떤 시각에서 어떤 시각까지 사이를 시간(時間)이라 한다. 삶을 끔찍이 사랑하기에 항상 죽음을 생각한다는 '장 그르니에' 는 질병, 노화, 죽음에 대해 종교와 철학이 제시한 해결책은 결국 하나뿐이라며 "즉, 환자처럼, 노인처럼, 시체처럼 살라는 것"이라며 투덜댔다.

　시인은 유모차에 탄 아이의 붉은 뺨과 등 굽은 할머니의 주름을 대비시켜 시간의 흐름을 사유한다. 그런데 우리는 대부분의 시간을 나이와 상관없이 살면서 어떤 이례적인 순간들에만 나이를 의식한다. 시간은 부르지 않아도 오고 붙잡으려고 용을 써도 간다. 죽음도 그렇다. 우리는 살고 있다고 믿지만 사실은 살아남아 있을 뿐이다. 시간에 관한 한 자신을 치유할 수 있는 사람은 자신뿐이다. 생로병사의 위기 때마다 모두 제 각각의 방법으로 다독이며 살아가야 한다. 그런 불안을 제대로 넘어서기 위해서는 그 과정을 외면하지 말고 받아들일 줄 아는 용기가 필요할 것이다. 이처

럼 질병, 노화, 죽음에 대한 자각은 삶에 대한 사랑을 찾고,
나를 완성해가는 과정이 된다.

신 새벽부터

까치가 울어 대었다

손님이 오시려나…

깨끗이 면도하고

두어 시간 책을 읽고

한 시간 남짓 숲을 산책하고

오후엔 비발디를 들으며

친구 몇 놈과 안부를 나누었다

날은 청명하였고

가끔 성급한 가을이 불어 시원하였다

저녁 무렵엔 두 번째 쌀뜨물로 된장을 끓이고

묵혀 둔 마늘장아찌를 한 종지 덜어 먹었다

밤이 이슥토록 손님은 오지 않았다

개켜 놓은 홑이불을 깔고 누워

천정을 바라보며 하루를 생각해 보았다

대체로 편안하였다

하기야…

조용한 하루보다

더 귀한 손님이

어디 있을까만

「조용한 하루」 전문

인간의 생명처럼 거룩하고 아름답고 신비한 것도 없지만, 그러나 한번 가면 다시는 오지 못하는 인생이니만큼 그 삶은 참으로 소중하다. 그래서 값진 인생이 되도록 제각기 제 방식대로 노력하여 보람 있게 살아가는 방법을 강구한다. 유한한 삶을 살아가는 우리는 아무리 사랑하는 사람이 있고 좋은 벗이 있다 해도 대신 갈 수 없으며 내 곁에 있어 주는 것 또한 짧은 시간이다. 오늘이 외롭고 쓸쓸하더라도 마음의 여유를 가질 일이다. 그 여유는 분답하지 않고 조용한 가운데 오는 경우가 많다. 손님이 오지 않더라도 홀로 영혼의 심지에 등불을 켜고 평온한 분위기 속에서 따뜻한 차 한 잔 마련하면 그보다 더 귀한 손님이 어디 있으랴.

삶의 질이 높다는 북유럽 국가 가운데도 덴마크 국민들이 유독 더 행복한 것은 소소한 일상의 기쁨을 누릴 줄 알기 때문이라고 한다. 덴마크 사람들에게는 최대한 현재를 즐기면서 미래를 계획하고 과거를 추억하는 방법이 최대의 행복이라고 한다. 우리가 자유롭고 행복하지 못한 이유는 '만인으로부터 인정받고 싶은 욕구'에 시달리기 때문이라는 분석이 있다. 더구나 40대를 넘기면서까지 그렇게 타자의 인정에만 목말라한다면 그로 인한 공허감은 극심해질 것이며 만족감이나 행복감을 제대로 느끼지 못하게 된다는 것이다. 남들에게 인정받는 것보다 가족이나 가까운 이들과 함께 보내는 사소한 일상을 소중히 여기고, 돈과 명예·성공보다 자신의 삶을 풍요롭게 가꾸는 문화가 그들에게 전통으로 자리 잡고 있다. 더불어 내면의 자존감을 높이는 것이 무엇보다 중요하다.

타협도 귀찮아진 늦은 오후에 숲에 깃들고서야 나는 내가 되네
남이 아닌 내가 되네
아무렇게나 스러진 풀밭 위에서 붉게 취한 별을 보네 발뒤꿈치를 만져보네
한번도 날 앞선 적 없는 침묵의 조력,
내가 널 끌고 가는지 네가 날 데리고 왔는지 모를
지난한 이력들로 깊은 골이 패여 있네
험지로만 다녔구나
불편 속을 걸어왔구나
돌아갈 발자국을 남기지 않으려
네와르족 신부들은 발을 딛지 않고 친정을 떠난다지
너무 멀리 왔네
돌아갈 길을 잃어버렸네
열대야 숲 속 비틀거리는 낙엽송 아래

이제사 더듬는 각질의 균열 사이로

소독약처럼 배어드는

아파라 달빛

「달빛에 발을 씻고」 전문

누구나 삶의 길은 저마다 다르고 서로가 바라는 바 역시 다를 수밖에 없다. 행복을 추구할 권리는 누구에게나 주어지며, 그것은 주어진 시간의 빈 그릇 속에 담고 싶은 것들의 대명사이다. 행복의 선행조건은 무엇보다 '남이 아닌 내가' 되는 일이다. 그 길은 자아실현의 길이다. 자아실현이란 가장 자기다워지는 것으로서 소소한 것에 가치를 발견하고 남과 다른 자기가 되어가는 과정이다. 그러자면 자기중심적 욕망을 비우는 과정을 거쳐야 하고 버거운 현실 앞에서도 담대해질 필요가 있다. 앞으로 살아가는 일에 용기를 내듯 '험지로만 다녔던' '지나간 이력'에 대해서도 관대해질 일이다.

'발뒤꿈치를 만져보는' 일은 성찰을 의미하지만, 문득 뒤돌아보니 돌아가는 길을 잃어버릴 만큼 너무 멀리 와있다. 우리의 의지와는 상관없이 흘러가버리는 시간이다. 지금껏 '불편 속을' 걸어오면서 '각질의 균열'에 대해 잠시 연민하고는 이내 감사의 마음으로 전환한다. 그런 다음에야 비로

소 앞으로 찾아올 낯선 시간을 인정하는 용기가 생기는 것
이다. 이는 자아와의 조우를 유도하는 자기응시의 척도이
면서 시인에겐 시적 상상력을 이끌어가는 매개물이 된다.
자연의 순환적 질서를 체감하는 하나의 척도이기도 하고
'나'를 인식하는 단초가 되기도 한다.

자명종을 부수어
불 꺼지지 않는 신도시에 버리자
일어나고 싶은 시간에 일어날 것
전화기도 깨트려
재래시장 어물전 귀퉁이에 던져 넣자
죽는 순간까지 입 다물지 않는
비릿한 웅변을 듣지 말 것
자비가 죽은 거리
인색한 배려로 비좁은 길을 떠나
금수강산이 산책길이다
방방곡곡이 야영장이다
이제 더 이상은
밥을 얻기 위해
내 영혼이 불편해 할
어떤 타협도 하지 말 것

「노숙의 변명」전문

'시간'에 대한 인식을 드러낸 작품 가운데 하나다. '자명종'이 의미하는 시간의 흐름에 대한 자각과 함께 그에 따른 개인적 정서의 파장이 형상화되어 있다. 지금 이 시점에서 체득하는 시간에 대한 절실한 깨달음과 자아의 반응을 포착하고 있다. 시인은 지난 발자취를 회상하면서 자유롭지 못한 시간들에 대한 현재적 성찰의 몸짓을 보인다. 이를 통해 앞으로의 삶에 있어서의 방향성과 새로운 가능성을 모색하고자 한다. 시인은 시간으로부터의 자유를 갈망한다. 그와 함께 공간과 주위의 편견으로부터의 자유도 함께 모색한다. 따라서 '노숙'은 자기가치를 구축해가려는 순연한 열정의 표상이라고 할 수 있다.

"이제 더 이상은 밥을 얻기 위해 내 영혼이 불편해 할 어떤 타협도 하지 말 것"을 다짐한다. 완전한 영혼의 자유를 꿈꾼다. 영혼에는 내적인 자유와 더불어 평화를 동반한다. 이제 누구로부터도 간섭받지 않으며 그 누구도 강요하는 사람은 없다. 모든 선택권은 오로지 자신에게 있다. 생활의 편익을 위한 약간의 대가에 영혼을 헐값에 팔수는 없다. 자유로운 삶을 위해 무엇과도 바꿀 수 없는 소중한 것이 있다. 영혼에 부대낌이 있다면 과감히 벗어던지고, 두려움 없이 들판으로 나가고자 한다. '금수강산이 산책길이다' '방방곡곡이 야영장이다'

멀어진 해에 잎들을 떨려 보낸 가지가

제 입김으로 손을 녹이고 안으로만 흐르던

유리벽을 바늘 볕이 아주 조금씩 깨는 그

더딘 회복을 무엇이라 부를까 사랑을 알고

이별을 알아 전깃줄에 덧댄 거미의 그물에도

그림자 없는 새의 날갯짓을 걸어놓고 싶은

겨울과 봄 사이

딴 이름을 가진 계절이 하나 더 있어야 한다

아직 시린 들판에 온몸 흔들리며

피어나는 꽃들을 보면 알 수 있다

한번도 울음소릴 낸 적 없는 순응

가을로의 여름보다 봄으로의 겨울이 눈물겨운 이유다

탈피로 드러날 감춰 온 내상(內傷)

겨울의 끝과 봄의 시작 사이

그 당혹스런 계절을

이제부터 '겨움'이라 부르기로 한다

명징한 거미줄에 걸린 낮달

이러지도 저러지도 못하고 공중을 서성인다

「제5계절」 전문

시인은 자신에게 주어진 시간을 과장하지 않고, 외면하지
않으며 그 본질을 명징하게 들여다보고자 노력한다. 자연

물의 다양한 움직임을 통해 시간의 흐름을 객관적으로 형상화해내고자 하는 것도 이러한 사유에 근거한다. 계절의 순차적 변화에 대한 세심한 관찰도 여기에 해당한다. 계절의 흐름은 생명성의 본질을 확인할 수 있는 직접적인 대상이 된다. 오감을 자극하는 계절의 변화는 시간의 흐름을 감지할 수 있는 가장 객관적인 자료가 되기 때문이다. 시간의 흐름은 자연의 순환적 질서를 대변한다. 시간에 대한 허무적 심연의 표상과 함께, 시간은 머물지 않고 흘러간다는 단순한 진리가 시인의 시적 감성을 물들이는 중심 기재이다.

요즘은 환절기라 하지 않고 계절과 계절 사이를 간절기라 칭하기도 한다. 특히 '겨울과 봄 사이' 시에서 보이는 조심스런 활기와 내밀한 생동감, 생명력 등은 시인의 사물을 바라보는 긍정적인 사유에서 흘러나온다. '한 번도 울음소릴 낸 적 없는 순응' 여기에는 과거, 현재, 미래를 하나로 융합하고 수용할 수 있는 초월적 사유가 개입되어 있다. 이른바 자신에게 주어진 모든 시간을 넉넉하게 받아들이면서 다시 뜨겁게 찬란함의 생명력을 피워내고자 하는 것이다. 새로운 계절에 대한 가능성과 열망이 담겨 있다. "겨울의 끝과 봄의 시작 사이 그 당혹스런 계절을 이제부터 '겨움'이라 부르기로 한다"면 지금이 바로 그 겨움의 '제5계절'이다.

시인의 첫 시집에 나타난 시간과 계절에 대한 화두는 시간의 한계와 그에 따른 허무적 심연을 스스로 극복하고 승화시키고자 하는데 있다. 이는 시간에 함몰되지 않고 새로운 가능성과 방향성을 찾아감은 물론 이를 실천해가고자 하는 염원의 다름 아니다. 시인의 시편들에서 연민과 비애의 정서를 담고 있으면서도 한편으로 따뜻한 긍정의 기류를 생성하고 있는 것은 시에 대한 순연한 열정을 담보하기 때문이다. 강국진의 시들은 일종의 자기고백 같은 울림이 있다. 시인의 시편들이 보다 절실한 색채를 띠는 것은 관념적인 차원이 아니라 체험에서 오는 깨달음의 목소리를 녹여내고 있기 때문일 것이다.